마음씨 착한 동생이
씨를 뿌리는 신기한 강아지를 만났어요.
동생은 씨 뿌리는 강아지 덕분에
갓 장수와 내기를 해서 갓을 얻지요.
그러자 욕심 많은 형이 동생에게서
강아지를 빼앗아 가요.
강아지가 형을 위해서도 씨를 뿌려 줄까요?

추천 감수 _ 김병규
대구교육대학을 졸업하고 한국일보 신춘문예에 동화가, 중앙일보 신춘문예에 희곡이
당선되면서 작품 활동을 시작했습니다. 대한민국문학상, 소천아동문학상, 해강아동문
학상 등을 수상했으며, 현재 소년한국일보 편집국장으로 재직 중입니다. 쓴 책으로 〈나
무는 왜 겨울에 옷을 벗는가〉, 〈푸렁별에서 온 손님〉, 〈그림 속의 파란 단추〉 등이 있습
니다.

추천 감수 _ 배익천
경북 영양에서 태어났습니다. 1974년 한국일보 신춘문예에 동화가 당선되었고, 〈마음
을 찍는 발자국〉, 〈눈사람의 휘파람〉, 〈냉이꽃〉, 〈은빛 날개의 가슴〉 등의 동화집을 펴
냈습니다. 한국아동문학상, 대한민국문학상, 세종아동문학상 등을 받았으며, 현재 부산
MBC에서 발행하는 〈어린이문예〉 편집주간으로 일하고 있습니다.

글 _ 장연희
서울예술대학교 문예창작학과를 졸업했습니다. 시와 소설 등을 써 오다가 아이들이 건
강하고 올곧게 자라는 모습을 보고 싶어서 동화를 쓰기 시작했습니다. 지금은 '민주사
회를 위한 변호사 모임' 에서 일하며 어린이 책을 비롯해 다양한 글을 쓰고 있습니다.

그림 _ 최영아
한양대학교 디자인과를 졸업하고 현재 그림 작가로 활동하고 있습니다. 아이들에게 따
뜻하고 재미있는 그림을 보여 주기 위해 노력하는 작가입니다. 작품으로 〈방귀쟁이 인
어 공주〉, 〈가분수 씨와 한그림 군〉, 〈망주석 재판〉, 〈산타 할아버지가 숨을 꾹!〉 등이
있습니다.

말랑말랑 우리전래동화 36 신비와 기적
씨 뿌리는 강아지

발 행 인 박희철
발 행 처 한국헤밍웨이
출판등록 제406-2013-000056호
주   소 경기도 성남시 분당구 금곡동 444-148
대표전화 031-715-7722
팩   스 031-786-1100
편   집 이영혜, 이승희, 최부옥, 김지균, 송정호
디 자 인 조수진, 우지영, 성지현, 선우소연
사진제공 이미지클릭, 연합포토, 중앙포토

△ 주의 : 본 교재를 던지거나 떨어뜨리면 다칠 우려가 있으니 주의하십시오.
         고온 다습한 장소나 직사광선이 닿는 장소에는 보관을 피해 주십시오.

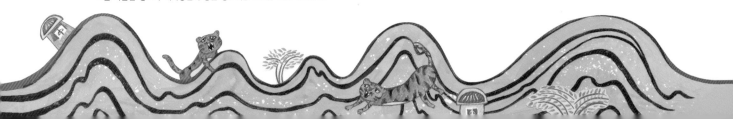

씨 뿌리는 강아지

글 장연희 그림 최영아

한국헤밍웨이

옛날 어느 마을에 마음씨 착한 동생과
욕심 많은 형이 살고 있었어.
형제에게는 작은 밭이 하나 있었지.
동생은 땀을 뻘뻘 흘리며 농사를 지었지만
형은 날마다 빈둥빈둥 먹고 놀기만 했어.

'후유, 형님이 도와주지 않으니 나 혼자 해야지.'
동생은 밭에 씨를 뿌리려고 씨가 담긴
종다래끼 쪽으로 터벅터벅 걸어갔어.
그때 어디선가 강아지 한 마리가 달려오더니
종다래끼를 앞발에 척 걸치지 뭐야.
그러고는 밭에 씨를 뿌리기 시작했어.

강아지는 잠시도 쉬지 않고 씨를 뿌렸어.
점심때가 되었을 때는 반도 넘게 뿌렸지.
동생은 배에서 꼬르륵 소리가 나자,
주먹밥을 꺼내 강아지를 불렀어.
"강아지야, 이리 와서 밥 먹으렴."
강아지도 배가 고팠는지
꿀떡꿀떡 잘도 먹었어.

드르릉 쿨쿨

밥을 먹은 강아지는 길 가운데에 드러누워 낮잠을 잤어.

얼마 뒤, 갓 장수가 길을 가다가 우뚝 멈추었어.

"어허, 강아지야, 길에서 비키지 못해!"

갓 장수가 강아지를 발로 툭툭 차자, 동생이 말렸지.

"그러지 마세요. 씨를 뿌리느라 힘들어서

곤히 잠든 거예요."

"에이, 거짓말하지 마시오. 강아지가 씨를 뿌리다니……."

갓 장수는 믿을 수 없다는 듯 말했어.
"나랑 내기를 합시다. 강아지가 씨를 뿌리면
내가 갓을 주고, 뿌리지 못하면 당신이 소를 주시오."
그 순간 강아지가 벌떡 일어나더니,
후두두 후두두 씨를 뿌리지 뭐야!
"앗, 정말 강아지가 씨를 뿌리네."
갓 장수는 약속대로 동생에게 갓을 주었지.

그날 이후, 동생은 강아지와 함께 살았어.
날마다 안아 주고 쓰다듬어 주며
한 가족처럼 정성껏 돌보아 주었지.
그러던 어느 날, 욕심쟁이 형이 소문을 듣고
허겁지겁 동생을 찾아왔어.
"이 강아지가 바로 씨 뿌리는 강아지구나!"
형은 강아지를 빼앗아 쌩 가 버렸어.

강아지야, 많이 먹어라.

16

형은 그길로 밭으로 달려가서
강아지에게 소리쳤어.
"강아지야, 나도 내기에 이기게 해 다오.
그러니 어서 씨를 뿌려라, 뿌려!"
강아지는 마지못해 씨를 뿌렸어.

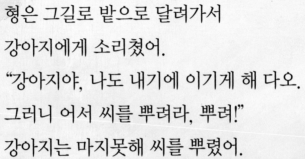

점심때가 되자 형은 혼자서 밥을 먹었어.
강아지 배에서 꼬르륵 소리가 나도 모른 척했어.
"넌 누워서 얼른 잠이나 자."
형은 강아지를 길 가운데로 끌고 가서
다짜고짜 눕혔지.

잠시 뒤, 비단 장수가 길을 가다가 우뚝 멈추었어.
"아니, 왜 길 한가운데 강아지를 두었소?"
"이 강아지는 씨를 뿌리다 잠깐 쉬는 것이라오."
"강아지가 씨를 뿌려요? 에이, 거짓말 마시오."
형이 이때다 싶어 내기를 하자고 했어.
"당신 비단과 내 소를 걸고 내기를 합시다!"
"좋아요. 어디 씨를 뿌리는지 한번 봅시다!"

형은 신이 나서 강아지를 깨웠어.
"강아지야, 어서 일어나서 씨를 뿌려라!"
하지만 강아지는 꿈쩍도 하지 않았어.

"그럼 이 소는 내가 끌고 가리다."
형은 비단 장수에게 소를 빼앗기고 말았지.
화가 난 형이 강아지를 힘껏 걷어찼어.
"에잇, 쓸모없는 강아지!"
강아지는 붕 날아서 털썩 떨어졌어.
그 바람에 강아지는 죽고 말았지.

"흥! 멍청한 강아지를 돌려주마."
형은 동생의 집으로 가서
죽은 강아지를 마당에 툭 던졌어.
동생은 강아지를 안고 엉엉 울었지.
"아이고, 이게 어찌 된 일이냐?"
동생은 마당에 땅을 파서 강아지를 고이 묻었어.

그런데 얼마 뒤, 강아지를 묻은 땅에서
배나무가 쑥쑥 자랐어.
그러더니 얼마 안 가
달고 맛있는 꿀배가 주렁주렁 열렸지.
"아, 강아지가 배를 주는구나."
배는 따고 또 따도 계속 열렸고,
동생은 배를 팔아 부자가 되었지.

형이 그 소문을 듣고 가만히 있을 리 있나.
동생 집을 찾아와 땅을 파서 죽은 강아지를 꺼냈지.
"흥! 나도 부자가 되어 보자."
형은 죽은 강아지를 자기 집 마당에 묻었어.
"강아지야, 나에게도 배를 다오."

이번에도 죽은 강아지를 묻은 땅에서 배나무가 자라났어.
얼마 뒤 딱딱한 돌배가 주렁주렁 열렸지.
형은 그것도 모르고 히죽히죽 웃었어.
"옳지, 강아지가 내게도 배를 주는구나."

신이 난 형이 배나무 아래에서 덩실덩실.
그 순간, 갑자기 돌배가 우수수 떨어지더니
형의 머리 위로 쿵쿵 쏟아졌지.
"아이고, 아야!"
욕심쟁이 형은 머리에 돌배만 한 혹이 생겼단다.
강아지가 벌을 준 걸까?

씨 뿌리는 강아지 작품해설

만일 여러분 앞에 일하는 강아지가 나타난다면 여러분은 어떻게 하시겠어요? 나를 도와주려는 사람을 우리는 어떻게 대해야 할까요?

〈씨 뿌리는 강아지〉에는 착한 동생과 욕심 많은 형이 나옵니다. 동생은 열심히 일을 하는데 형은 빈둥빈둥 놀기만 해요. 어느 날, 동생이 씨를 뿌리러 밭에 갔더니 웬 강아지 한 마리가 대신 씨를 뿌리고 있어요. 동생은 어떻게 행동했을까요? 주먹밥을 꺼내서 강아지에게 먹였지요. 그리고 낮잠 자는 강아지가 깨지 않도록 지나가는 갓 장수를 설득했어요. "강아지가 씨 뿌리느라 힘들어서 잠이 든 거예요." 하고요. 갓 장수는 못 믿고 강아지가 씨를 뿌리는지 아닌지 내기를 하자고 해요. 그러자 강아지가 벌떡 일어나 씨를 뿌려요. 동생은 내기에 이겨서 갓을 받게 되지요. 그 소식을 들은 형이 강아지를 빼앗아 갔어요. 그리고 어떻게 했나요? 맞아요. 자기가 원하는 것을 얻기 위해 강아지를 이용했지요. 자기도 동생과 똑같이 따라 하며 지나가는 비단 장수에게 내기를 걸었지만 결국 내기에 져서 소만 잃었어요. 동생과 무엇이 달라서 그렇게 되었을까요? '중요한 것'을 빼놓고 따라 했기 때문이에요.

강아지는 화가 난 형의 발길질에 맞아 죽었어요. 동생은 불쌍한 강아지를 잘 묻어 주고 눈물을 흘렸어요. 그랬더니 강아지가 은혜를 갚기 위해 배나무에 배가 주렁주렁 열리도록 해 주었지요. 그걸 본 형은 또 강아지를 빼앗아다 자기네 마당에 묻었어요. 그랬더니 어떻게 되었나요? 주렁주렁 열린 돌배가 떨어져서 얻어맞기만 했지요. 형은 이번에도 '중요한 것'을 빼놓고 동생을 따라 했던 거예요. 그렇다면 그 '중요한 것'이란 무엇일까요?

바로 '상대를 위하는 마음'이에요. 동생에게는 그 마음이 있었고 형에게는 없었어요. 그래서 결과가 서로 달랐던 거예요.

꼭 알아야 할 작품 속 우리 문화

종다래끼

짚이나 싸리로 만든 바구니예요. 줄을 달아서 허리에 감거나, 어깨나 목에 걸고 씨를 뿌릴 때 사용했어요. 나물을 캐거나 고추를 딸 때, 또는 논밭에 비료를 줄 때도 사용했고, 옛날에는 아이들이 고기를 잡을 때에도 사용했다고 해요.

갓

조선 시대 어른들이 썼던 모자예요. 처음에는 햇볕이나 비를 가리기 위해 썼지만 나중에는 신분을 나타내기 위해, 또는 예의를 갖추기 위해 썼어요. 상투 튼 머리에 망건과 탕건을 쓰고 그 위에 갓을 썼는데, 여러 종류 중에 말총으로 만든 흑립이 가장 대표적인 갓이에요.

비단

누에가 만든 실로 짠 천이에요. 주단이라고 부르기도 해요. 색깔이 아름답고 촉감이 좋아서 인기가 많았어요. 옛날에는 금값보다 값이 비싸서 아주 귀한 대접을 받았지요. 삼국 시대에는 비단 짜는 기술이 발달해서 일본에 기술을 전파하기도 했어요.

말랑말랑 우리 문화 이야기

이야기 속에서 갓 장수는 내기에 져서 갓을 동생에게 주어요. 갓은 양반 어른들이 쓰던 모자였어요. 옛날 사람들은 신분을 떠나 모자를 많이 썼어요. 어떤 모자로 멋을 냈을까요?

> 여보, 나 일 좀 보러 다녀오리다.

> 갓이 비뚤어졌어요.

양반 남자들이 쓴 흑립

보통 갓이라고 불러요. 말총이나 대나무를 가늘게 오려 엮어 모자 형태를 만들어요. 그 위에 검게 흑칠을 하지요. 조선 시대 때 양반들이 외출할 때 썼어요.

> 나도 호랑이 모자 쓰고 싶어.

남자아이가 쓴 호건

남자아이들이 다섯 살 무렵까지 쓴 모자의 일종으로, 설날 같은 명절이나 생일 등에 썼어요. 검은색 바탕에 호랑이 얼굴 모양이 수놓아져 있어요.

농부들이 주로 쓴 삿갓

갈대 등을 엮어 만든 삿갓은 주로 농부들이 햇볕이나 비를 막기 위해 썼어요. 여자들도 집을 나설 때 얼굴을 가리기 위해 썼지요. 여자들이 쓰는 삿갓은 더 크고 깊게 만들었어요.

남바위와 조바위

겨울에 추위를 막기 위해 남바위와 조바위를 썼어요. 둘 다 귀를 덮을 수 있는 모양인데, 조바위는 뺨까지 덮을 수 있었지요.

여자들의 겨울 모자, 아얌

여자들은 찬 바람이 부는 겨울에 따뜻한 아얌을 머리에 썼어요. 위는 터져 있어 이마만 두르게 되어 있어요.

이키, 서둘러 장터로 가야겠는걸!

보부상이 쓴 패랭이

대나무를 가늘게 오려 만든 갓의 일종이에요. 모양은 갓과 비슷하지만 정수리 모양이 둥글어요. 역졸, 보부상, 백정 등 신분이 낮은 사람이 주로 썼어요.